Ayo au Pays des Merveilles
Mes aventures dans l'univers
virtuel de Second Life

Françoise Sabard

Ayo au Pays des Merveilles
Mes aventures dans l'univers
virtuel de Second Life

(traduit de l'anglais par l'auteur)

Le Code de la propriété intellectuelle interdit les copies ou reproductions destinées à une utilisation collective. Toute représentation ou reproduction intégrale ou partielle faite par quelque procédé que ce soit, sans le consentement de l'auteur ou de ses ayants cause, est illicite et constitue une contrefaçon sanctionnée par les articles L.335-2 et suivants du Code de la propriété intellectuelle.

© 2009, Françoise Sabard
Edition : Books on Demand GmbH, 12/14, rond-point des Champs Elysées, 75008 Paris, France
Imprimé par : Books on Demand GmbH, Norderstedt, Allemagne

ISBN 978-2-8106-0306-0
Dépôt légal : mai 2009

Je m'appelle Ayo et je suis l'avatar de Fran dans le monde virtuel de Second Life[1].

Pour les non-initiés, Second Life est un creuset où des milliers d'êtres se croisent. C'est une multitude de carrefours dans un monde virtuel. Les vraies personnes investissent des avatars à travers qui elles peuvent exister sur Second Life. Elles oublient leur vie réelle et s'échappent dans celle, pleine de promesses que leur offre ce monde électronique. Les infirmes volent, les âmes solitaires trouvent de la compagnie, ceux qui s'ennuient pimentent ainsi leur routine journalière. Les âmes brisées pensent pouvoir y recoller les morceaux de leur existence et bien sûr les rêveurs y planent à loisir. C'est le paradis... sans oublier que tout Eden cache un serpent.

Je ne suis pas humaine, de chair et d'os... seulement une image. Je pourrais dire une ombre, ou mieux le fantôme d'une vraie personne. Mon alter ego, elle, est bien réelle. Moi, je n'existe pas.

C'est elle qui place les mots dans ma bouche. Ce sont ses opinions et ses sentiments que j'exprime et qui finissent par devenir indistinctement les siens ou les miens et je ne supporte pas qu'elle essaye parfois de diriger ma vie de son point de vue terre à terre.

Mais il s'agit de mon histoire et ce sont mes expériences sur Second Life que je veux vous faire partager.

---

1 Second Life est une marque de Linden Research Inc.

Comme je vous le disais, c'est à travers moi que Fran peut évoluer dans cet univers. Je suis un avatar et je suis plus libre. Je peux transformer mon apparence, ma peau, mes cheveux, ma silhouette aussi vite que Fran peut changer de vêtements et je dirais même plus facilement. Ici, les gens ne ressemblent pas à ce qu'ils sont mais ils sont ce qu'ils choisissent d'être, et ils se montrent sous de multiples facettes. La majorité adopte le personnage qu'ils souhaiteraient être dans la vie réelle, celui dont tous les défauts ont été gommés. Comme le dit Garrison Keilor, sur Second Life, tous les hommes sont forts et les femmes sont des top modèles. Certains encore changent de sexe, d'autres se montrent sous l'aspect d'animaux ou en adoptent seulement les oreilles et les pattes. On trouve aussi des créatures mythologiques, des dragons, des vampires.

Un avatar n'a pas besoin de sommeil, de nourriture, ni d'exercice. Je peux voler, je ne vieillis que si Fran le décide. Je n'ose parler d'immortalité, je suis entièrement virtuelle et par définition, je n'existe pas.

J'ai été créée il y a un an parce que ma version originale est professeur et qu'elle avait lu un article à propos de Second Life dans un magazine pour adolescents. Elle voulut en faire l'expérience pour discuter plus valablement de ce monde virtuel avec ses élèves. Elle m'a alors imaginée et elle a en quelque sorte donné vie à son double. J'ai les mêmes goûts et les mêmes réactions… nous nous ressemblons beaucoup.

Lorsque vous me croisez sur Second Life, une fille assez grande apparaît sur l'écran de votre PC. Mes cheveux sont roux, mi-longs et rebelles. J'ai le teint clair et de grands yeux d'un bleu gris brumeux, des yeux de sirène, à peine plus originaux que les yeux noisette de Fran. Je suis mince mais non dénuée de formes, la taille un peu moins enrobée que celle de Fran. J'accumule tant de vêtements dans ma garde-robe… je veux dire mon inventaire… que j'en oublie souvent l'existence. J'aligne plus de paires de chaussures qu'Imelda Marcos mais je finis toujours par me rabattre sur la même paire de jeans foncés que je préfère et un haut de cuir noir, des jupes légères d'été ou de longues robes de soirée avec bien sûr des talons aiguilles que je n'oserais pas mettre pour danser dans la vraie vie. Ce sont aussi les mêmes vêtements que Fran choisit de porter habituellement.

Second Life est un archipel d'une multitude d'îles différentes. C'est la réplique d'un monde à la fois réel et imaginaire. Inutile de prendre une voiture, un train, un avion, il suffit de se téléporter en un clic à destination. Il est donc impossible d'évaluer les distance. On se déplace par téléportage. Les terres sont séparées les unes des autres par de vastes golfes que l'on ne peut pas traverser d'une autre manière.

J'habite une cabane en planches perdue dans un marécage au cœur des territoires de Second Life. C'est là que je prends vie, ma seconde vie bien sûr, ou je devrais dire que c'est l'endroit où je rejoins tous les autres lorsque Fran décide de brancher son ordinateur et de me mettre en ligne. Je m'assieds toujours sur la véranda. Il y a une autre chaise rustique pour qui veut venir se joindre à moi, une bouteille de bière vide et un vieux banjo près de la porte. La cahutte, elle, est complètement vide de meubles. Le confort de base n'est pas obligatoire sur Second Life. L'un des carreaux de la fenêtre est brisé et le trou est masqué par de vieux journaux. Mais ce n'est pas important. Il ne fait ni chaud ni froid sur Second Life et cette note de pauvreté et de dénuement factices dans ce monde virtuel transforme le sordide en poésie. La souffrance physique et le besoin sont absents et les rêveurs peuvent vagabonder à loisir, sans soucis, loin de l'esclavage de la fortune et des responsabilités ou du poids écrasant de la douleur et de la vraie misère.

J'aime écouter le coassement des crapauds au crépuscule, lorsque le disque parfait du soleil s'enfonce dans l'océan en une dernière étincelle derrière la cabane, le grincement permanent d'une vieille girouette rouillée, le bruissement des feuilles… tout semble réel. Je peux même imaginer sentir l'odeur iodée de la brise marine qui s'attarde au milieu des émanations aigres-douces des eaux stagnantes de la lagune.

Les endroits que j'aime à fréquenter sur Second Life demandent du temps dans la vraie vie. Il faut une soirée entière pour danser et plusieurs heures pour écouter de la musique… sans parler du manque de sommeil et des migraines percutantes qui suivent les lendemains de fêtes trop arrosées. Une absolue perte de temps. Aucune suite fâcheuse sur Second Life qui doit cependant céder le pas devant les exigences de la vie réelle. Le téléphone, la sonnette de la porte d'entrée, une course urgente suspendent invariablement une session sur Second Life.

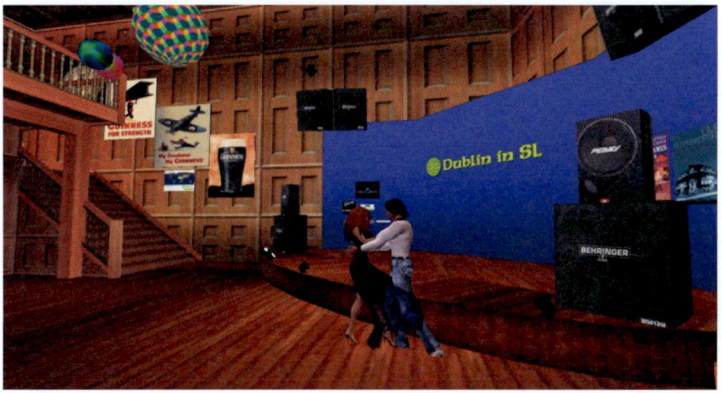

Alors vous me trouverez là où l'ambiance est intéressante. Rien ne me charme davantage que la musique traditionnelle et la danse. Les meilleures stations de radio diffusent leurs mélodies en continu sur Second Life ; l'esprit de l'Irlande, des Etats-Unis ou de Cuba… c'est un vrai bonheur pour les mélomanes. La musique est partout présente pour tous les goûts ; (J'y valse merveilleusement pour Fran, ce qui est à la fois agréable et frustrant pour elle car chaque fois qu'elle s'y est esayée dans la vraie vie, elle a piétiné sans merci les pieds de son partenaire.)

Vous me croiserez souvent dans les pubs de Dublin ou au Junkyard Blues Club, au sud des Etats-Unis où j'aime à flâner le long des cabanons de bois et où je me régale virtuellement d'écrevisses et de bière fraîche.

J'ai visité les capitales du monde : Amsterdam, Paris, Londres. J'apprécie aussi les endroits traditionnels, les ranches de l'ouest sauvage ou le royaume enchanté d'Avilion fréquenté par les fées et bien d'autres créatures surgies des légendes médiévales.

Les paysages de Second Life sont plus ou moins fidèles à leurs originaux car ils sont dénués de cette agitation et de ce mouvement authentiques qui caractérisent la vraie vie. Je reconnais certains lieux auxquels je suis attachée parce que Fran les connaît mais ils restent artificiels. Les menus détails manquent et l'ambiance et le contexte sont aussi très différents. Blarney, à Dublin est par excellence un pub urbain, mais les habitués ne sont pas irlandais et par conséquent l'on n'y retrouve pas exactement l'authenticité de l'atmosphère que l'on recherche. Les monuments de la ville, les squares, les jardins semblent désincarnés. Les paysages ne sont que de ébauches grossières comme on peut en voir dans les rêves. Les bâtiments, les routes, les collines sont stéréotypées (Comment peut-il en être autrement ?). Marcher dans les rues de Dublin sur Second

Life laisse le même goût amer que l'on éprouve lorsque l'on ne parvient pas retrouver le déjà vécu que l'on était venu rechercher… Le souvenir d'une vraie visite de Fran à Dublin.

Cependant, sur Second Life, ma grande naïveté et une ouverture d'esprit qui me pousse vers les autres m'ont entraînée dans des aventures inattendues que quelquefois je n'avais pas même souhaitées et je vais vous en conter quelques-unes.

Len aux deux visages

Un jour, j'étais assise sur la véranda lorsque je vis quelqu'un approcher de la cabane sur un scooter rutilant.
- Tu veux faire un tour ?
Len, c'était son nom, fut la première personne que je rencontrai sur Second Life. Nous partîmes en Extrême-Orient et nous nous enfonçâmes loin sous la surface de la mer. Nous y avons vu des bancs de poissons, des crabes qui se précipitaient dans d'antiques amphores. Nous sommes restés là à parler pendant des heures, à échanger des idées. Il m'attirait et je désirais de toutes mes forces, le revoir. Et nous nous sommes revus. Il m'a emmenée sur une île romantique, dans une grandiose salle de bal où trônaient deux pianos à queue, qui n'existe plus d'ailleurs. Exactement comme dans la vraie vie, le monde tourne, les heures filent, les choses changent. Dans la vie, les gens ne reconnaissent plus les endroits dramatiquement transformés par le temps qui passe. Sur Second Life, la destruction est parfois beaucoup plus drastique car les paysages et les bâtiments peuvent disparaître comme par enchantement.

Je me suis assise et j'ai commencé à jouer du piano, ce qui a toujours été le rêve de Fran. Sa fille a appris et elle en joue divinement. Comme Fran a toujours refusé de prendre des leçons avec une vieille tante, elle ne peut que me faire jouer sur un clavier virtuel la musique qu'elle ressent au plus profond d'elle-même, et ça fonctionne parfaitement. Mais quel sentiment de frustration ! Et à mon avis, elle n'est pas honnête avec elle-même.

Puis Len et moi avons commencé à danser. Il me sussurait de si belles paroles. Je valsais sans m'arrêter, je l'écoutais et je me délectais de ses mots. Tout semblait réel. Les doux airs s'écoulaient du PC, j'étais heureuse dans les bras de Len et j'appréciais chaque seconde de ces instants.

Il était clair que Len était plus expérimenté que moi sur Second Life et qu'il en connaissait toutes les subtilités. Il construisait des bateaux et bien d'autres choses encore... il guidait les autres de ses conseils éclairés et distribuait des repères utiles sur Second Life.. et un jour, je l'ai rencontré... Len était une femme et ce fut le plus grand choc de ma seconde vie. Je le quittai et j'allai consulter son profil. C'est l'avantage de Second Life. On peut connaître quelqu'un à travers les renseignements donnés par son profil. Et il s'avéra que Len prenait selon son humeur, l'aspect d'un homme ou celui d'une femme sur Second Life. Je commençai à le considérer tout autrement. Je le ressentais toujours comme un très bon ami mais la romance qu'il avait amorcée et entretenue fut avortée net. C'est ainsi sur Second Life et je me rends compte alors du danger de telles interférences. De vrais sentiments éprouvés pour un être virtuel, une réelle attraction pour quelqu'un qui n'est qu'une âme, très humaine mais qui demeure terrée derrière son avatar. C'est une attraction pour Morphée lui-même, un jour papillon, le lendemain limace. Devons-nous nous adapter à ces différents aspects et à ces états d'âmes changeants ? Peut-être la solution réside dans le pardon la tolérance sur Second Life et dans la vraie vie. Je me souviens des premiers principes chrétiens, de très anciens préceptes en vérité. Est-ce là la vérité ? Le chemin de la paix ?

Les échanges les plus solides sur Second Life sont de nature intellectuelle. Les sentiments et les émotions sensuelles ne peuvent que susciter la frustration ou la déception des deux partis. Le bonheur se trouve dans les échanges de l'esprit, dans l'amitié pure... comme les correspondances de guerre ? Pire... avec l'ultime espoir de ne demeurer qu' un rêve. Les entités de Second Life sont semblables aux mirages du désert, nul ne sait qui se cache derrière un avatar, homme ou femme, animal, qui est honnête, qui joue un rôle. Un avatar peut-il influencer le comportement de la personne qu'il cache mais qui l'anime ? Une personne sous un autre aspect peut s'autoriser un comportement différent dans la mesure où sa vraie nature est occultée. Il n'y a aucune prise solide à agripper sur Second Life, il faut juste suivre son chemin seul, plus seul encore que dans la vraie vie, en aveugle. On a l'impression d'être sur des sables mouvants. Il suffit de faire confiance aux autres et de se fier à sa propre intuition… c'est une aventure dangereuse…

Bannie d'une demeure et d'une vie...

L'autre rencontre dont je vais vous parler est celle d'une belle âme australienne : Keith. Tout allait très bien entre nous et ce bonheur dura un certain temps. Keith était nouveau sur Second Life et son avatar était d'une extrême simplicité mais j'adorais ses conversations captivantes et variées autour d'un verre, dans des endroits paradisiaques.

Un jour, nous avons découvert une magnifique demeure que j'ai voulu visiter à tout prix. C'était le genre de maison que j'aurais souhaité habiter dans la vie réelle. Un endroit confortable avec de grandes baies qui donnaient sur une merveilleuse nature, un jardin anglais, de curé, avec des arbustes, des fleurs sauvages à foison et des arbres. Le propriétaire s'appelait Claudius et je ne suis pas près de l'oublier. Je m'étais imaginée qu'il nous aurait laissé visiter sa propriété en son absence comme le font bon nombres de propriétaires sur Second Life. Alors Keith et moi sommes entrés dans le vestibule, puis au salon, mais impossible d'en ressortir. La porte refusait de s'ouvrir, les murs demeuraient impénétrables. Je ne me souviens pas avoir pensé à la déconnection à cet instant. Nous étions étonnés de nous sentir pris au piège. Soudain, quelqu'un apparut. Il ne nous lâcha plus. Et le pire fut que Keith avait réussi à s'échapper et que je restais seule pour affronter Claudius. Il se mit à crier : « C'est privé ici... Comment oses-tu ?... Traînée ! » Et j'en passe et des meilleures. Il m'a traitée de tous les noms avant d'ouvrir la porte et de me jeter dehors comme un chien. Je suis sortie en courant et Fran se mit les deux mains sur les oreilles pour ne plus rien entendre. Elle déteste la violence, toute forme de violence, physique, verbale ou autre.. Elle avait si mal, elle était si révoltée que je me suis retournée brusquement face à Claudius et j'ai hurlé de toutes mes forces : « Attends, toi !

Je n'ai rien fait de mal, je voulais juste visiter ta maison et tu me traites comme ça ! Réserve tes insultes pour tes ennemis ou tes esclaves. Je ne suis ni l'un ni l'autre et tu me fais pitié ! Je compte bien ne plus jamais te revoir ! » Et je m'envolai. Fran referma son ordinateur. Elle écumait de rage et elle se demandait si nous n'étions pas qu'une seule et même personne. Toutes ces horreurs m'avaient été destinées et elle ne pouvait garder son calme tant elle ressentait profondément ma colère dont elle était imprégnée.

Il y eut la même interaction plus tard quand j'ai revu Keith dans un agréable jardin. Nous bavardions autour d'un rafraîchissement comme nous en avions l'habitude quand il a commencé à me parler de sa vraie vie, de sa famille et de ses chiens. Il habitait en Australie, dans une grande maison près de l'océan. Il ajouta qu'il voulait cesser de me voir parce qu'il s'impliquait trop dans des rencontres qui ne nous mèneraient nulle part. Je lui ai répondu que ce n'était pas grave, que nous n'étions que des rêves sur Second Life, mais j'ai compris alors que derrière chaque mirage se tenait une vraie personne très vulnérable. Je n'ai jamais revu Keith. J'ai imaginé qu'il était retourné chez lui comme il l'avait décidé, avec sa famille, ses enfants, ses chiens. Je ne peux pas lui en vouloir de cette sage décision, mais j'ai pleuré et l'amitié que j'avais nouée avec ce noble esprit australien me manque.

Forte de l'expérience des blessures que peuvent causer les relations virtuelles, Fran décida de ne plus me laisser entraîner dans de telles folies. Je me contentai donc d'explorer Second Life et de discuter avec les uns et les autres, tout simplement parce que Fran ne s'arrête jamais de parler dans la vraie vie : du temps, du programme du weekend, des films qu'elle veut voir et des livres qu'elle lit. Mais elle évite les issues cruciales et c'est là que je prends la relève. C'est ce qui s'est passé lorsque j'ai rencontré Keith et, après sa disparition, j'ai recommencé à explorer Second

Life bien décidée à ne pas côtoyer mes semblables de trop près. Cette souffrance m'aida aussi me rendre à l'évidence. J'étais à la recherche de mon âme sœur sur Second Life, comme une adolescente attend le Prince Charmant.. c'était un rêve dans du rêve, et je me suis amusée de mon attitude. Incroyable Ayo !

Puis je me suis remise à fréquenter mes endroits favoris pour écouter de la musique et Fran, pendant ce temps-là, faisait son ménage ou son travail de classe tandis que je dansais, répondant aux questions quand Fran les lisait. Les autres ont dû être choqués par mon apathie, mais c'était ce que j'étais devenu. En fait, je n'étais que de passage sur Second Life.

« Ne parle pas aux gangsters, ma fille ! »

Un beau jour, ou un soir… peut-être en pleine journée pour moi, aux aurores pour lui et à minuit sur Second Life, aucune importance, je disais donc qu'au pub Blarney, un avatar me pria de lui accorder une dance. Il portait ce qu'il appelait « une tenue de gangster de Chicago » : un complet rayé et sur la tête, un borsalino qui lui donnait un air canaille, mais sous ce costume rayonnait un esprit brillant. Du plaisir à l'état pur… Il s'appelait Ludwig. Nous nous sommes liés d'amitié, mêlant la vraie vie à Second Life. La réalité fit surface. Nous commençâmes à parler et entre autres choses, Ludwig décida de m'exposer sa conception d'une journée parfaite. J'étais toute à son écoute et voici son récit :

La journée idéale de Ludwig

Il s'éveilla dans notre chambre. Il se tenait à côté du lit qu'il avait quitté la veille. Il portait les mêmes vêtements. Il examinait la couche idéale et impeccable comme toujours, et la chambre si bien rangée ! Il soupira devant cette stérilité de musée mais il s'anima lorsqu'il aperçut le doux rayonnement qui annonçait mon éveil. Comme je prenais vie, il me gratifia d'un : « Bonjour ma belle ! ». Il se dirigea vers le pied du lit, m'embrassa et me serra contre lui grâce à des animations qu'il choisissait dans son inventaire. Puis il voulut utiliser des commandes plus coquines. J'ai ri et je lui ai dit « Quelle bonne idée, mais nous devons nous organiser pour la réception de ce soir ». Je l'esquivai et je sortis de la pièce.

Il soupira de nouveau. Le statut d'avatar sur Second Life n'était pas une sinécure. Ce monde, libéré de nombreuses contraintes sociales de la vraie vie avait cependant ses limites. Sur Second Life, on peut voler, se déplacer en cliquant sur une adresse. Se nourrir n'est pas vital, on peut rester éveillé indéfiniment, mais on n'a ni le sens du toucher, ni celui du goût et de l'odorat et les mouvements se limitent à la course et la marche, on peut s'asseoir aussi.

Ludwig était l'avatar de Mark, un citoyen américain. Quand il voyait Ayo sur second Life, les problèmes que créaient leurs horaires étaient énormes. Il fonctionnait à l'heure de la côte est des USA et elle vivait au rythme du méridien de Greenwich. Cela signifiait qu'elle avait cinq à six heures d'avance sur lui selon la période de l'année. Lorsqu'il se levait, elle déjeunait, lorsqu'il terminait sa journée de travail, il était minuit bien sonné chez elle. Ils survécurent grâce aux louables efforts de Mark pour se lever et se coucher plus tôt.

Ludwig aurait tout donné pour que le lit fût en désordre ou pour qu'un objet déplacé dans la chambre pût témoigner de leur présence. Il aurait payé cher pour que son réel scénario du matin pût se dérouler ainsi :

Il s'éveillerait dans les draps plutôt que debout près du lit. Il serait étendu sur un matelas de duvet, couvert d'un seul drap dont il pourrait sentir la douceur l'envelopper. (Les avatars n'ont aucune sensation). En se retournant (ce qu'ils ne peuvent pas faire sans le secours d'une animation), il me regarderait discrètement. Dans mon sommeil, je lui tournerais le dos. (Là aussi il faut une animation). Il étendrait la main et suivrait du bout des doigt la courbe de ma colonne vertébrale, jusqu'en bas (cela aussi nécessite une animation). Puis il se calerait contre moi avec une insistance virile et me réveillerait doucement en me serrant contre lui et par de tendres baisers sur la nuque (une animation de plus). Je me retournerais sur le dos et je lui sourirais ce qui attiserait la passion de ses baisers, alors, je lui chuchoterais dans le creux de l'oreille d'arrêter et d'attendre le soir, après la réception.

Il soupira de nouveau. Il était possible de créer et d'enchaîner toutes ces animations mais sans aucune spontanéité. Cependant, il pourrait ensuite apprécier les avantages de Second Life. Dans le monde réel il aurait dû se lever, se mettre en train par de la gymnastique et prendre une douche avant de sortir. Sur Second Life, son corps musclé ne se dégonflait jamais… pas de sport. Il n'avait pas besoin de nourriture, il ne mangeait pas et quoi qu'il fît, il ne se salissait jamais… donc pas de douche. Il était surtout heureux d'échapper au sport mais il pensait que ce serait bien de pouvoir me rejoindre à la cuisine préparer le petit déjeuner, le prendre ensemble en discutant des dernières nouvelles apportées par le net.

Ici, il suffisait seulement de changer de vêtements pour être prêt à aller en courses. Très simplement en vérité, sur Second Life. Il tira sur son corps une tenue prédéfinie de son inventaire. Second Life se charge de retirer les anciens habits et les remplace par les nouveaux, extraits de l'inventaire. Il faut inclure des éléments caractérisant l'apparence d'un personnage : la silhouette, la peau, les cheveux. Ludwig peut soit choisir chaque vêtement séparément ou prédéfinir ses tenues, ce qui rend l'habillage encore plus facile.

Puis nous partirions en courses. Cancale était une petite ville et nous pouvions nous rendre à pied de la maison à la rue principale où se trouvaient les magasins.

Il était très aisé de faire du shopping sur Second Life. On entrait dans une boutique et on cliquait sur ce que nous voulions acheter.

Les commerces ressemblent plus à des catalogues et ils offrent aux acheteurs des images et des listes à choix multiples. Ludwig pensait que ce système était aussi efficace que stérile. Il aurait préféré s'adresser à quelqu'un ou à un avatar chargé des ventes, commenter avec lui les dernières nouvelles de l'endroit ou s'enquérir de sa famille, mais cet intermédiaire aurait interrompu le fil de la transaction. Les achats se trouvaient simplifiés également dans leur variété. Nous n'achetions pas de nourriture, seulement des vêtements, des accessoires, des caractéristiques corporelles et des meubles.

Voyager est si facile que nous n'étions pas limités à Cancale et nous pouvions parcourir tous les commerces de Second Life en quelques clics. Puis nos achats étaient placés directement dans les listes de nos inventaires. Ceux-ci pouvaient contenir de très petits éléments comme des boucles d'oreille mais aussi des paquebots, des châteaux. La digitalisation des objets permet de les classer dans un espace très réduit.

C'était heureux car j'achetais presque tout ce que contenait la boutique, surtout les chaussures. Ludwig ne put s'empêcher de me faire remarquer que j'en avais déjà au moins trois cent paires de noires, ce à quoi je répliquai que je ne renoncerais pour rien au monde à des Jimmy Choos ! Il aimait beaucoup me regarder essayer mes nouveaux achats. De temps en temps, il se choisissait quelque chose.

Nous rentrâmes chez nous après les courses. Nous aurions pu faire halte dans un petit café mais sur Second Life, nous n'avions pas besoin de rafraîchissements d'autant plus que nous avions déjà passé ensemble toute la matinée. Ludwig regretta ce petit intermède. Il aurait aimé pouvoir s'asseoir pour regarder les gens attablés et discuter avec le serveur.

Parfois, nous sortions le soir au Pub pour rencontrer les autres et discuter de leur journée. Le Blarney était notre quartier général mais nous connaissions beaucoup d'autres endroits. C'était bien de goûter à tous les breuvages avec impunité, juchés sur des tabourets et de plaisanter avec nos amis.

Ludwig avait été très occupé l'après-midi. Il avait organisé plusieurs conférences avec ses collaborateurs sur les sujets de recherche qui les intéressaient. Ces réunions étaient tenues par plusieurs avatars, autour d'une table, dans un bureau de la maison réservé à cet effet. Ils s'asseyaient et discutaient grâce au « voice chat ». Sur la table, Ludwig pouvait exposer les articles, les dessins et les outils multimedia dont ils avaient besoin. Il pouvait m'entendre jouer du piano au rez-de-chaussée. Il souriait ou il l'aurait fait si Ludwig avait possédé une telle commande parce qu'il savait que j'adorais jouer. C'était aussi un plaisir pour Fran. Il m'avait offert le piano pour inaugurer la maison. Après ses conférences, Mark quittait Second Life pour travailler hors ligne en attendant l'heure de la réception.

Il n'y avait pas de dîner partagé sur Second Life. Les avatars n'ayant pas besoin de se sustenter, les repas perdaient de leur importance cependant, et c'était un des regrets de Ludwig, de ne passer plus de temps en compagnie de sa femme. Les déplacements très rapides nous permettaient de nous préparer en dernière minute avant de sortir. Nous avions donc sorti nos tenues de l'inventaire et nous nous étions téléportés à la réception. C'était une petite réunion d'auteurs qui devraient lire des extraits de leurs dernières œuvres à leurs amis et en discuter, il y avait aussi de la musique et on pouvait danser. Ces deux dernières activités ont beaucoup de succès sur Second Life parce que la musique est diffusée directement et les avatars peuvent évoluer selon leur choix sur un certain nombre de danses préprogrammées ce qui leur permet de participer pleinement à ces sessions. Les concerts et les soirées dansantes sont très appréciés sur Second Life.

Au cours de cette soirée Ludwig et moi nous nous étions lancés dans une conversation privée à bâtons rompus par messages interposés (IM) au cours de laquelle nous avions pu échanger des remarques caustiques sur les conversations que nous entendions, entrecoupées de tendres commentaires sur ce qui nous attendait l'un et l'autre à la maison. Nous n'étions pas ensemble, uniquement pour la toute dernière danse qui était un slow n°3. Cette dernière session nous avait permis de nous exprimer tout le désir qui nous animait et nous avions totalement et impoliment ignoré les commentaires des autres.

Nous avions regagné notre maison en s'arrêtant en chemin pour nous embrasser. A l'arrivée, j'avais surpris Ludwig en enlevant tous mes vêtements devant lui et en me précipitant à l'étage dans la chambre. Remis de son étonnement, il avait fait de même et m'avait suivie. Il m'avait trouvée installée sur le lit avec un choix d'animations. Il s'était précipité sur la boule bleue et le programme nous avait fait évoluer étape par étape jusqu'à la satisfaction de Mark et de Fran. Ludwig aurait souhaité s'exprimer plus spontanément au lieu de devoir se conformer à un scénario bien défini par les animations, mais c'était impossible.

Après quoi, Ludwig avait choisi les commandes du calme et du sommeil. Il s'était retrouvé sur le dos et je m'étais coulée à ses côtés la tête sur son épaule, un bras autour de lui et une jambe sur les siennes. Ludwig avait pensé que ce jour était parfait pour lui et que sa vie le deviendrait aussi. Après quelques commentaires affectueux, Mark et Fran avaient quitté Second Life et Ludwig et Ayo s'étaient enfoncés dans une période d'hibernation.

Au fil du temps, Mark et Fran se rencontraient et discutaient en ligne par notre intermédiaire. Nous sortions et nous nous amusions comme le jour où nous sommes allés aux Seychelles, en zone française. Nous y avons dansé. Nous avons lutté dans la boue jusqu'à ce que je me retrouve sous Ludwig, à sa merci dans un jeu qui ressemblait à des ébats amoureux, très intime en vérité. Mark et Fran assistaient à un spectacle programmé. Ils ne contrôlaient rien et s'étaient réduits au rôle de simples témoins, réagissant et frissonnant chacun de leur côté de l'Atlantique, à des centaines de kilomètres l'un de l'autre.

Ludwig représentait mon idéal masculin, fort et solide, avec un visage de rêve et un équilibre mental de roc, sans faille. Il avait le visage triangulaire de Johnny Depp, des yeux très bleus ; et je devais être son idéal de femme si j'en juge par le récit de sa journée parfaite. Cependant, Mark et Fran étaient bien loin de ce rêve. Ils portaient tous deux le poids de leurs vies avec leurs moments heureux et leurs malheurs, leurs déceptions. Ils étaient auprès de leurs proches. Ils pouvaient considérer leur relation sur Second Life comme un déclic qui aurait pu se produire ou qui avait été précisément déclenché dans une autre dimension. Ce qui semblait important alors était d'alimenter le feu qu'entretenait la rencontre de leurs âmes, ce qui demandait une grande stabilité mentale, beaucoup de sérénité et de détermination. Construire une relation sur Second Life tient de la progression hésitante du funambule qui risque la chute à chaque coup de vent. Ainsi s'exprime le ballet des sentiments sur Second Life.

Des robots et des armes spatiales dans les cabines d'essayage

L'autre question soulevée par Second Life est la place occupée par l'argent. J'ai vite su trouver les endroits gratuits grâce aux conseils d'êtres plus expérimentés dans ce monde virtuel. J'ai écumé tous les endroits pour m'équiper gratuitement. Je m'amusais beaucoup. Même si mon regard s'attardait sur des objets de luxe, très chers, je décidai de me contenter des offres gracieuses. Les bénéfices que les concepteurs peuvent réaliser sur Second Life n'ont rien d'étonnant. Le commerce y attire autant les chalands que dans la vraie vie, c'est même pire. Beaucoup d'habitués refusent de se servir des cabines d'essayage et inaugurent leurs nouveaux vêtements sans honte, aux yeux de tous. Second Life annihile toute inhibition. Je trouvai cependant un endroit discret où essayer mes nouvelles tenues. Je ne peux pas expliquer pourquoi je n'ai jamais été attirée par la nudité exhibitionniste. Je reste sur ma réserve, c'est une question de respect de soi-même. Même sur Second Life, Fran ne me laisse pas me changer n'importe où. Elle rit encore de cet épisode de sa vie en Afrique. Un jour, sa voiture était soudain tombée en panne devant l'entrée d'un camp de naturistes en Côte d'Ivoire. Le boy, un Ghanéen qui était aussi son chauffeur sortit, ouvrit le capot pour regarder le moteur et soudain plongea en avant et y disparut presque. Fran remarqua alors un pensionnaire debout à l'entrée du camp en tenue d'Adam. La courroie resserrée, le chauffeur regagna le véhicule. Il avait l'air furieux et s'exclama en gesticulant une clef anglaise à la main : « Madame, blancs toujours nous dire s'habiller pour être civilisés maintenant, eux nus comme des sauvages. Ça pas digne de blancs ! Pas bon du tout ! »

Alors j'ai trouvé la décharge : une région désolée, encombrée de déchets toxiques. Des piles de pneus y brûlaient en dégageant d'épais nuages de fumée. Je m'installai sous un pont de ciment massif, entre deux cabanes en ruine qui paraissaient inoccupées. J'ai tiré mes cartons de mon inventaire et je les ai disposés sur le sol. Ils ne furent pas refusés. Je commençai à les ouvrir un par un. J'ai mis une paire de jeans et un T-shirt. J'ai choisi des chaussures à talons hauts, blanches, en peau de serpent attachées par des brides aux chevilles et je replaçai soigneusement tous les autres vêtements et accessoires dans mon inventaire. Lorsque je me retournai pour avancer, je sentis un regard peser sur moi et je remarquai un petit robot qui ronronnait, tout près. Je le saluai et je m'éloignai. Le petit engin continuait à ronronner. Puis je repérai un avatar agressif qui se dirigeait vers moi. Il brandissait une arme spatiale, plus sophistiquée qu'une mitrailleuse. Ses yeux, profondément encastrés dans les orbites d'une tête de mort, rougeoyaient. Il posa sur moi son regard incandescent. A cet instant, Fran ressentit dans le dos un froid glacial et elle me poussa hors du champ de vision de la créature. Certains endroits virtuels ne sont pas pour nous. Ils nous donnent la chair de poule... comme dans la vie réelle, lorsqu'il faut rentrer tard en traversant des quartiers peu sûrs, en courant presque, les mains crispées sur les revers de son manteau pour se rassurer.

Le Diable vit à Aspen

Cet épisode me remit en mémoire une visite à Aspen. J'avais atterri sur une place entourée de bancs et de sapins. Il neigeait et il faisait nuit. L'endroit était désert et vaguement éclairé par quatre quinquets. Je cherchai des yeux un coin civilisé plein de vie, avec des gens, des boutiques, lorsque tout à coup, je l'aperçus, accroupi à l'extrémité de l'un des bancs. Il était assis sur l'un de ses membres postérieurs et tenait son autre genou dans ses deux pattes minuscules. Il ressemblait à un ouistiti malicieux, les yeux rouges, les oreilles pointues et sur la tête deux petites cornes. Sa queue se balançait à la manière de celle d'un chat en colère. Il ressemblait à une petite boule de feu prête à bondir. Je reconnus le Diable. Pas d'étiquette au dessus de sa tête, aucun nom, il n'affichait son appartenance à aucun groupe… sueur froide pour Fran qui me rappela sur le champ et elle soupira de soulagement dans la réelle tiédeur rassurante de son salon. Attention à certains milieux présents sur Second Life. J'en ai des frissons. Un mauvais air semble flotter dans des îles sombres et y attirer des disciples potentiels. Les communautés de vampires se targuent de solidarité et de grandeur d'âme alors que leurs adeptes parcourent Second Life assoiffés du sang des autres. Sang et âmes virtuels certes, mais l'idée même est malsaine.

La plupart des religions et des églises sont représentées sur Second Life. Les choix se font dans un immense labyrinthe pour les esprits jeunes ou faibles.

« Dépose tes griffes à l'entrée ! »

Je ne vous ai pas encore parlé de l'intérêt que je porte aux créatures fantastiques et aux mondes imaginaires. Fran a dévoré Le Seigneur des Anneaux et Harry Potter à cause des enfants et elle est très fan de Walt Disney.

Il y a des endroits spéciaux sur Second Life où l'on peut se retrouver au cœur du Moyen-Age, Avilion par exemple, est une zone de jeux de rôles et les avatars doivent revêtir les costumes médiévaux appropriés pour être admis. J'ai visité une forêt où j'ai croisé une multitude d'amis intéressants, des chevaliers, des princesses, des fées... une foule paisible qui discutait et écoutait de la musique. Puis je me suis envolée pour la Grande Salle de Bal d'Avilion. J'entrais lorsque l'hôtesse Lady Do me salua et empêcha un vampire de me suivre. Cette entité, aussi effrayante qu'elle fût, livide, exhibant des canines meurtrières et de longues mains squelettiques rendues interminables par des griffes létales, cette créature donc, se mit à verser des larmes de sang et à protester de son innocence. Le vampire voulait seulement entrer et visiter les lieux. Lady Do se laissa attendrir à condition qu'il enlevât ses griffes. Il refusa, pathétique, et pleura qu'il serait ridicule sans ses ongles.

L'hôtesse le conduisit dehors et il alla s'asseoir, misérable, sur l'une des marches de l'escalier, drapé dans les plis de sa cape, le regard triste et vacant de ceux qui ont tout perdu. Son attitude, la façon dont il se recroquevilla dans un coin comme une araignée aspergée d'insecticide, prête à mourir m'inspirèrent une grande compassion pour cette créature... la Belle et la Bête... et je plaidai sa cause auprès de Lady Do.

Elle leva le visage vers moi, elle était de très petite taille et voletait autour de moi avec des ailes d'abeilles. Elle dit fermement : « Il n'en est pas question ! C'est un vampire, il est foncièrement mauvais ! »

Je n'ai pas insisté et je suis entrée.

Je compatis avec les êtres malheureux et blessés par la vie, j'essaye toujours d'aider et Fran attire autour d'elle toute sorte de personnes moralement dépendantes et Dieu m'est témoin qu'elle a pourtant fort à faire avec elle-même !

Au mépris de toute règle !

Je me demandais pourquoi Second Life pouvait éveiller des sensations aussi vivaces et de telles réactions. Cela me faisait penser au pouvoir des bons livres, des films avec en plus, une autre possibilité, l'interaction. J'ai souvent réagi par la fuite mais il est possible de faire front sur Second Life où certains s'expriment en dépit de tout règlement… en fait, c'est ainsi que j'ai décidé de me construire une petite maison sur Second Life.

J'avais l'habitude d'aller danser dans un vieux club de blues : The House of Tunes où la musique était si envoûtante que Fran l'écoutait pendant des heures en repassant ou en vacant à d'autres occupations de la vie réelle.

Ce club se tenait dans un hangar, sur une colline avec, en contrebas un village et un bar de motards près d'une jetée au bord de l'océan. J'y accédai par une route sinueuse. Tout en haut, près du club, je repérai une petite clairière, au cœur d'une forêt de chênes et je décidai d'y installer ma maison ; un bungalow avec vue sur la mer que je meublai avec amour. Je mis même un rocking chair sur la véranda. Mais ce jour-là, je m'installai sur le sofa du salon et ce fut un moment paisible bercé par le blues qui s'échappait du club : The House of Tunes.

Ce fut la seule occasion que j'eus de profiter de mon petit chez moi. Lorsque je retournai sur Second Life, on m'avisa par un message instantané lapidaire que ma maison avait été détruite et que j'étais bannie à jamais de ce club. Je tentai en vain de présenter mes excuses à l'auteur de la missive. Elle ne montra aucune compassion et je me vis condamnée à éviter le club. Maintenant, je crois que The House of Tunes n'existe plus. Il a été réinvesti par un groupe de motards et probablement rebaptisé The Crossroads (Le Carrefour)… je crois aussi qu'ils ont dû m'oublier. J'y suis entrée l'autre jour en compagnie de Ludwig.

Le beau monde et l'argent

Cependant, moi, sans abri, pauvre come Job, j'ai rencontré les propriétaires de demeures magnifiques sur Second Life. Ils ont dû investir un peu de leur argent et beaucoup de leur temps pour réaliser leur rêve. J'aimerais posséder une grande maison bien à moi avec des terres, des chevaux… une voiture rapide et voyante… mais le rapport entre la dépense et le caractère virtuel de l'acquisition en vaut-il la chandelle ? Ces propriétés sont susceptibles de disparaître ou de changer du jour au lendemain. Le risque vaut-il la peine d'être couru ? Et combien de temps peut-on profiter de sa maison sur Second Life ? Pas plus de quelques heures par jour…

Jerry et sa femme possèdent un ranch et d'autres propriétés. Anna est décoratrice et elle gère une boîte de nuit. A la tête d'une agence immobilière, elle a cloné et transformé l'original d'une villa pour satisfaire tous les goûts et les budgets sous diverses étiquettes fantaisistes : villas italiennes sûrement, modernes peut être mais certainement pas françaises. Son époux Kerry est photographe. Je crois savoir qu'il fait aussi des affaires sur Second Life.

Ces entreprises sont sans l'ombre d'un doute liées à la vraie vie. J'imagine qu'il est possible de faire de la publicité sur Second Life par l'intermédiaire de sites web. Fran a entendu vanter un matin sur les ondes locales la création d'une nouvelle île basque, Euskal Herria. Elle m'a envoyée en éclaireur, mais à part quelques bâtiments typiques, je n'ai rien trouvé d'extraordinaire.

Je ne sais pas si un jour je m'intéresserai aux affaires. Fran n'est qu'une simple traductrice et romancière et je crains de demeurer la même Ayo et de poursuivre mes vagabondages.

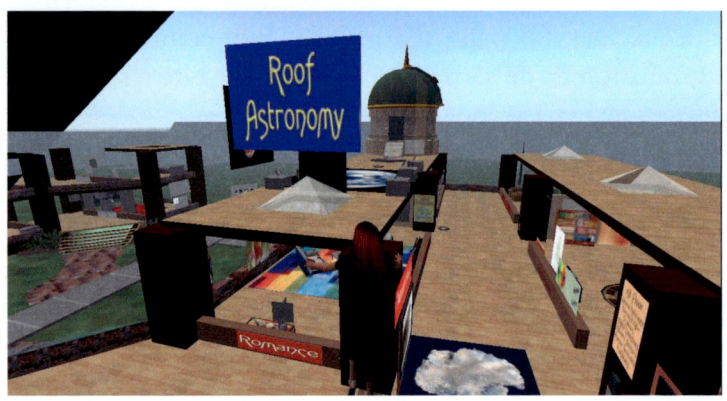

Second Life est aussi un centre de savoir. Il existe une bibliothèque dont certaines sections sont reliées aux célèbres universités américaines. Les étudiants peuvent y travailler en ligne.. ils y assistent à des conférences. Je pense qu'il serait aussi possible de publier en ligne… je vais faire ma petite enquête et je transmettrai le résultat à Fran. Ecrire est un plaisir pour elle et une soupape de sécurité pour ses trop pleins d'émotions. Seule la mort l'arrêtera. Elle n'a pas besoin de l'écriture pour manger mais écrire lui est aussi essentiel que l'oxygène.

Le rapport de Fran à l'argent est assez étrange. Il lui est utile pour rendre la vie agréable pour elle et son entourage mais elle n'en éprouve pas un besoin désespéré... le peu qu'elle a lui suffit d'autant plus que ses enfants sont élevés. Quant à moi, Ayo, je n'ai pas d'enfants, je n'en aurai jamais et je suis très heureuse de vivre libre sur Second Life. Lorsque je veux acheter quelque chose, je recherche les arbres à argent ou je passe de longues minutes sur les chaises magiques. C'est le jeu.

Certaines filles acceptent des emplois d'hôtesses ou d'escortes. Je n'y suis pas prête d'autant plus que Fran n'a pas assez de temps pour cela.

J'ai même remarqué que les avatars pouvaient tomber enceintes sur Second Life et passer par les différents stades de la grossesse, ce qui signifie que ce monde virtuel est un moyen d'amener ses rêves à la frontière de la réalité et de tendre à voir ses désirs exaucés.. pour finalement ressentir la terrible frustration de l'inachevé.

Un jour, j'ai accepté une invitation à une noce. Un ami irlandais se mariait sur Second Life. Ce fut toute une cérémonie. On se serait cru à Las Vegas. La jeune épouse rayonnait dans sa robe blanche, barbe à papa immaculée et la cérémonie fut assez longue avant la réception. Je me trouvais à côté d'une anglaise, très british en vérité, sous un gracieux chapeau et nous avons échangé quelques paroles, presque réelles : des commentaires sur le temps et sur les nouveaux mariés. Une question se pose cependant. Où sont les limites ? S'agit-il d'un simple jeu de rôles ou les âmes sont-elles abusées par des illusions ?

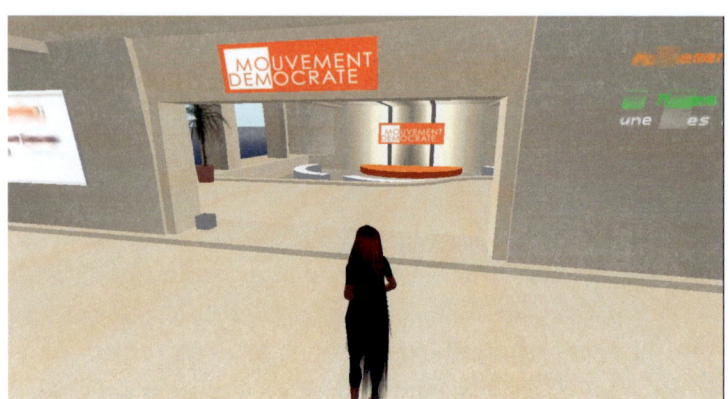

Ayo et la politique

Je dois vous parler aussi de mes expériences des milieux politiques. La plupart des personnalités ont leurs sites ou leurs groupes sur Second Life. Un ami m'y a poussée à être député pour la France. Inutile de dire qu'il a dû assumer le coût de mon adhésion car je suis la vagabonde la plus pauvre de Second Life. Et puis j'ai honte de dire que je n'ai pas assisté à une seule réunion, quel que soit le sujet, pour des raisons foncièrement égoïstes. Fran est allergique aux meetings stériles où les participants soufflent de l'air chaud sans que rien de concret n'émerge. Elle m'a sans doute transmis son sentiment.

Au moment des élections présidentielles françaises, j'ai adhéré aux clubs des partis en présence par simple curiosité et le peu de substance de la plupart des débats de chaque côté m'a fortement déçue. Seules quelques discussions se sont avérées satisfaisantes.

Puis, dans la fièvre des élections présidentielles américaines, j'ai remarqué la présence des deux partis sur Second Life mais je tairai mes opinions qui sont aussi celles de Fran.

Interactions entre Second Life et la vraie vie

J'existe dans une autre dimension et j'ai tendance à prendre possession de la vie et de l'âme de Fran à des moments inattendus lorsque l'envie me prend de sortir de mon hibernation forcée parce que j'ai ou Fran a une idée importante à partager avec Ludwig ou Mark, une nouvelle aventure, un autre morceau de musique ou n'importe quelle autre importation de la vie réelle.

Il faut dire que Ludwig et moi avons initié tout un courant d'échanges intellectuels. Le simple fait d'écrire ces aventures, de discuter de nos idées et de nos sentiments nous a conduits à nous connaître de mieux en mieux chaque jour.

Il se peut que Fran souhaite ma disparition comme Conan Doyle, fatigué de Sherlock Holmes avait décrété sa mort après tant d'épisodes, pour la simple raison que j'empiète trop sur son temps ou sur sa vie… cependant je ne pourrai pas oublier les moments merveilleux que j'ai vécus en compagnie de Ludwig sur Second Life.

On ne contrôle rien

Un jour, j'ai rencontré Ludwig au Junkyard Blues Club. C'était après une hibernation de quelques jours. J'avais reçu un IM (message) important. Il était venu à la cabane et ne m'y avait pas trouvée. Il voulait me voir. Comme à l'accoutumée, je l'attendais en me demandant ce qu'il avait à me dire. Pour ma part j'avais beaucoup d'idées à partager et j'étais impatiente de le voir.

Lorsqu'il apparut il me proposa de le rejoindre au Junkyard Blues Club. J'acquiessai et nous partîmes. Il choisit une salsa. Nous dansions toujours à merveille. La musique nous portait et aucun autre couple ne nous égalait. (C'était juste une illusion !).

Soudain je remarquai le changement de ton de Ludwig. Il devint tout d'un coup très sérieux. Il me pria de l'écouter, je me concentrai. Je n'attendais rien de précis en particulier mais je frissonnai en lisant ses mots.

Alors il s'y prit, si délicatement, je savais qu'il avait peur de me blesser. En fait il m'achevait avec une plume. Il m'expliqua qu'il ne pouvait pas aller au-delà de l'amitié à cause de nos liens respectifs de la vraie vie. Il dit que nous n'étions que l'extension de Mark et de Fran et que dans cette mesure, tout lien outrepassant les limites du travail et de l'amitié serait une erreur. Je l'écoutais, admirative de l'exactitude de son analyse à côté de ce que je ne faisais que ressentir très confusément. J'avais dérivé, comme l'accoutumée et Fran ne m'avait pas empêchée de répondre à l'affection de Ludwig.

Je me dis alors que le moment était venu de prendre une décision et que Ludwig faisait la bonne démarche. comme je l'expliquais plus tôt, il n'y a pas d'avenir sur Second Life. Nous ne sommes que des rêves, seulement des rêves. Ludwig m'ouvrait les yeux sur le fait qu'il préservait le réalisme dans notre relation et qu'il lui évitait de ne devenir rien de plus qu'un mirage dans le désert. Une solide amitié était la clef du dilemme, chemin ardu mais toujours le meilleur. Ludwig faisait partie de ces êtres rares capables de choisir ce qu'André Gide appelait « La Porte Etroite ».

Le monde d'en bas

Nous nous sommes séparés et je retournai au cabanon. Je m'y assis dans un état de total désespoir. Le petit abri s'était soudain transformé en île déserte.

Je restai prostrée sur la véranda. Cette fois-ci, ce n'était pas la peine d'attendre l'apparition de Ludwig à mes côtés. Je me sentais intérieurement glacée.

Quelques avatars arrivèrent et tentèrent d'engager la conversation. Je restai polie et distante. Je me sentais si loin de tout.

Puis une grande fille habillée en rouge et noir attira mon attention. Elle me demanda de l'aide et je lui répondis que je m'efforcerais de lui porter assistance dans la mesure de mes possibilités.

- J'ai besoin de sang, dit-elle, est-ce que je peux te mordre ?
- Tu es un vampire ? lui demandai-je
- Oui
- Approche, laisse-moi voir ton visage. Tu ne fais peur à personne !
- Tu ne verras mes canines que si je mords… et j'ai très soif maintenant. Je vais m'évanouir.
- Ah, j'aimerais bien t'aider, mais je ne peux pas donner mon sang. J'étais en Angleterre pendant la crise de la vache folle. Si tu es prête à prendre des risques…! (lol)

Je plaisantais, la conversation prenait un tour léger, mais j'avais perdu mon cher Ludwig et tout le reste m'était égal. Devenir l'ombre d'un mort-vivant et perdre jusqu'à mon âme sur Second Life mettrait un terme dramatique à tout ce qui restait de sensé en moi.

Il était tard dans la nuit et « the big fat moon was shining like a spoon », comme le chantait Bob Dylan, la pleine lune

illuminait le cabanon. La deuxième chaise de la véranda était désespérément vide et le vieux banjo reposait silencieusement contre le mur, près de la bouteille vide. J'espérais voir apparaître la haute silhouette de Ludwig à mes côtés et j'aurais voulu avoir des larmes pour noyer ma peine. J'ai dit au vampire :
« - D'accord, Martine, vas-y ! Mais j'ai une question. Est-ce que je deviendrai aussi un vampire après la morsure ?
- Non, répondit-elle, ce n'est pas en mon pouvoir. C'est toi qui devra décider si tu souhaites ou non te joindre à nous, plus tard.
- Je vais réfléchir. » furent mes derniers mots et elle bondit. Elle ouvrit grand la bouche et je vis ses yeux injectés de sang se rétrécir comme ceux d'un loup affamé et elle me planta ses crocs dans la gorge. Je pleurais et je sentais ma vie et mon désespoir quitter mon corps pour celui du vampire.

Je demeurai assise sur la véranda, seule.

« Absente » pleurait la petite étiquette au dessus de ma tête. Et Fran m'endormit.

Et la Seconde Vie continue

Je continuai d'explorer alors les îlots de Second Life. Le Blarney diffusait toujours sa musique traditionnelle irlandaise et les ondes du Junkyard pleuraient du blues. Tout semblait morne sans la présence de Ludwig et le piment de sa conversation. Sa compagnie et ses commentaires me manquaient tellement ! Et, un jour, il réapparut au cabanon. Presque comme les premières fois, il me rejoignit dans différents endroits. Il lui arriva de me voir danser et il m'avoua en être presque jaloux. Ce sentiment devrait-il intervenir entre deux simples amis ? Nous continuâmes à nous voir et à discuter. Je me demandais si Ludwig se rendait compte que nous étions en train de reprendre notre ancienne relation en niant le fait que nous ne souhaitions être l'un pour l'autre que de simples amis.

Il me parlait d'acquérir un pied-à-terre sur Second Life. Il recommençait à me faire du charme malgré lui. Fran et Mark se faisaient discrets derrière leurs ordinateurs. Aucun d'eux ne tenta de freiner notre glissade sur cette pente dangereuse. Pourquoi ? C'est tout simplement le piège de Second Life qui peut facilement vous entraîner où vous n'avez aucune intention d'aller sous prétexte que les avatars ne sont que des rêves. S'il vous plaît, Fran et Mark, ne sous-estimez jamais Ludwig et Ayo ! Second Life n'est pas un terrain de jeux et c'est pourquoi les très jeunes et les adultes vulnérables devraient se garder de plonger sans réfléchir dans des relations impossibles ou perverses.

Il faut clairement analyser les actions et les réactions des avatars, et il s'ensuit une lutte entre les pulsions personnelles et le bon sens.

Ludwig hiberna quelques temps pour laisser Mark profiter des fêtes de Thanksgiving tandis que j'essayais avec Fran de coucher toute mon histoire noir sur blanc sur papier. Ce fut le moment où j'eus l'occasion de rencontrer un léopard et un hibou. J'en rêvais depuis longtemps. Parler avec les animaux ! C'était possible sur Second Life. Le léopard était poète et j'ai adoré les extraits de ses œuvres. Le hibou avait du mal à faire traduire ses paroles en anglais. Bien sûr le traducteur automatique produisait un jargon incompréhensible et l'oiseau s'envola de frustration.

Le bateau

Un matin je me suis levée avec l'idée de mettre fin à ma condition de sans domicile fixe sur Second Life. Ludwig avait pris la peine de me montrer de magnifiques propriétés, meublées ou non. Nous venions d'en visiter une avant que Fran ne dût éteindre son ordinateur pour me laisser hiberner cinq jours. J'étais censée me renseigner sur le coût du loyer et sur les autre frais éventuels d'un achat ou d'une location mais Fran était dans un tel état à son retour qu'elle n'a pas eu le cœur de me réveiller.

Je continuai donc mes errances. Ludwig avait mentionné quelques prix qui me paraissaient abordables mais je gardais cette crainte subconsciente qui m'avait toujours empêchée de m'engager dans quelque aventure commerciale sur Second Life. Je me retrouvai au Junkyard Blues Club. Mon âme sœur n'était nulle part. Quelques avatars dansaient la salsa ou des slows sur le même air que leurs mouvements ne suivaient pas. Fran s'en amusait beaucoup mais je m'énervai. Je décidai de m'éloigner vers la plage. Il y avait des rangées de mobile homes. Certains étaient vides et affichaient un loyer abordable mais je ne m'y attardai pas connaissant le peu d'enthousiasme de Ludwig pour ce genre d'hébergement.

Je continuai mon chemin vers la marina. Je longeai environ une douzaine de bateaux amarrés en file indienne comme une famille de canards. Arrivée au dernier, la vue sur l'océan était magnifique. Il y avait une petite île plantée de cocotiers qui s'assombrissaient dans les dernières lueurs du crépuscule. Le loyer de ce bateau s'élevait à huit cent dollars Linden par semaine. Tout à fait correct si ladite unité de temps correspondait à une semaine réelle. Je m'en assurai et Fran procéda au règlement. De l'argent de la vraie vie contre des dollars Linden ! Quelle hérésie ! Contre tous mes principes ! Puis je grimpai à l'intérieur pour m'assurer qu'il correspondait bien à ce que j'en attendais. Basique mais très agréable. Le salon était spacieux avec de grandes fenêtres équipées de stores vénitiens, un sofa confortable devant une cheminée… quelque peu inhabituel sur un bateau… mais pour l'ambiance Second Life. La cuisine était fonctionnelle.

Le charme à bord était l'étage. Je grimpai à l'échelle et j'aperçus la chambre spacieuse qui donnait sur le pont. Je m'étendis dehors sous le parasol, face à l'horizon illimité au delà de la petite île. C'était très beau, je restai sans voix. J'avais mis la radio du salon et mon esprit était bercé au rythme du bateau et du plus mélancolique des blues de la Nouvelle Orléans. Quel merveilleux havre de paix où fuir le monde brutal, le vrai et le virtuel. Je me levai d'un bond et je me précipitai en bas de l'échelle. Je cliquai sur la pancarte pour confirmer la réservation du bateau. Je craignais la réaction de Ludwig, mais ma décision était prise, j'étais tombée amoureuse de cet endroit.

Lorsque je revis mon ami, son point de vue ne me surprit pas. Il souhaitait quelque chose de mieux pour pouvoir y exercer ses activités sur Second Life mais il semblait très heureux de pouvoir passer du temps avec moi à bord, à discuter autour d'un plat d'écrevisses arrosé de bière fraîche sans parler de ce qu'il pourrait avoir en tête !

Comme j'avais cessé d'être une vagabonde, je me suis téléportée dans les boutiques et je décidai de me trouver de merveilleux cheveux longs. Après avoir visité maints endroits où rien n'était à mon idée, je tombai sur une boutique de sirènes et je choisis immédiatement une très longue chevelure auburn avec laquelle je me sentais magnifique.

Ludwig me manquait. Je voulais qu'il se plaise sur le bateau et comme je prenais vie sur le pont, j'aperçus sa silhouette. J'adorais le trouver au cabanon lorsque j'arrivai et maintenant, sur le bateau. Il admira mes nouveaux cheveux et je priai pour que ces moments intenses se reproduisent à l'infini... Plus tard, nous allâmes danser au Junkyard Blues South Club, près de la marina. Il me demanda si je n'avais jamais pensé à un travail de strip-teaseuse sur Second Life. Je répondis que c'était hors de question et il me le fit promettre. Ce ne fut pas difficile car je suis de nature timide et réservée. L'attention qu'il me portait m'enchantait. Nous dansions quand la vraie vie s'interposa brutalement entre nous.

Devrait-il y avoir une conclusion ?

Fran et Mark vivent à des kilomètres l'un de l'autre et nous nous voyons sur la toile dans une autre dimension. Cependant les impacts de ces rencontres, comme les pierres lancées dans l'eau créent en surface, des ondes qui vont s'élargissant pour toucher nos âmes.. celles de Fran et de Mark, qu'on le veuille ou non. Ils devront savoir s'ils peuvent assumer leur alter ego dans une autre dimension. Ils sont adultes et ils prendront une décision.

Je vais donc vivre ou éclater comme une bulle de savon dans le soleil. Au plus profond de moi, je désire vivre et continuer de voir Ludwig.

Fran aura le dernier mot en ce qui me concerne et Mark gérera Ludwig.

Nous ne connaissons toujours pas ce dernier mot. Tel est le pouvoir de l'attraction de Second Life… un jeu sérieux pour adultes.

Je n'ai pas fait le tour de tout ce qui existe sur Second Life et il y a de fortes chances pour que je n'en épuise jamais toutes les possibilités. Le sujet est si vaste ! Je suis convaincue que Ludwig maîtrise bien mieux que moi ce monde virtuel.

Tant que nous sommes en ligne, c'est une histoire sans fin… d'ailleurs, il me semble avoir rendez-vous avec Ludwig demain…